Analyse d'œuvre

Rédigé par Aurélia Hetzel

La Carte et le Territoire

de Michel Houellebecq

Profil Littéraire

MICHEL HOUELLEBECQ   1

LA CARTE ET LE TERRITOIRE   2

LA VIE DE MICHEL HOUELLEBECQ   4

RÉSUMÉ DE *LA CARTE ET LE TERRITOIRE*   9

Un roman sur l'art
Un récit initiatique

L'ŒUVRE EN CONTEXTE   15

ANALYSE DES PERSONNAGES   19

Jed Martin
Jean-Pierre Martin
Olga Sheremoyova
Michel Houellebecq
Jean-Pierre Jasselin

ANALYSE DES THÉMATIQUES   26

L'art
Le travail
L'amour
Le corps
La mort
La France
La communication
La topographie

STYLE ET ÉCRITURE   38

Un certain réalisme

Une écriture à voix multiples

Lyrisme et pathétique

Le roman d'un artiste

LA RÉCEPTION DE *LA CARTE ET LE TERRITOIRE*   46

Une œuvre bien reçue

Un roman apaisé

Critiques

Le prix Goncourt

BIBLIOGRAPHIE   52

MICHEL HOUELLEBECQ

- Né en 1958 à la Réunion
- **Quelques-unes de ses œuvres :**
  - *La Poursuite du bonheur* (recueil de poèmes, 1991)
  - *Extension du domaine de la lutte* (roman, 1994)
  - *Les Particules élémentaires* (roman, 1998)

Après des études d'agronomie et de cinéma, Michel Houellebecq mène une carrière dans l'informatique jusqu'en 1996. Mais il écrit des poèmes dès ses années d'étudiant, et la littérature (recueils de poèmes, essais, romans…) occupe de plus en plus de place dans sa vie. Il s'y consacre pleinement depuis maintenant 20 ans.

Malgré sa réputation de misanthrope, il collabore très souvent avec d'autres artistes et apparaît beaucoup dans les médias. Il parle volontiers de ses livres, ce qui offre à son public l'occasion d'en approfondir la lecture et lui permet de mieux en comprendre la genèse. C'est actuellement l'un des écrivains français les plus traduits dans le monde.

En 2015, l'ensemble de son œuvre est récompensé par le prix de la BnF (Bibliothèque nationale de France).

LA CARTE ET LE TERRITOIRE

- **Genre :** roman
- **1re édition :** 2010
- **Édition de référence :** *La Carte et le Territoire*, présentation par Agathe Novak-Lechevalier, Paris, Flammarion, coll. « GF littérature », 2016.
- **Personnages principaux :**
  - Jed Martin, photographe et peintre
  - Jean-Pierre Martin, son père, architecte
  - Olga Sheremoyova, la petite amie de Jed Martin, travaille au service communication de Michelin, puis comme directrice des programmes chez Michelin TV
  - Michel Houellebecq, écrivain
  - Jean-Pierre Jasselin, commissaire de Police
- **Thématiques principales :** art, travail, amour, corps, mort, France, communication, topographie

Le titre du roman reprend une phrase fameuse d'Alfred Korzybski (1879-1950), fondateur de la sémantique générale, dont les recherches concernent les problèmes de communication entre l'homme et son environnement : « Une carte n'est pas le territoire », qui devient dans le roman « La carte est plus intéressante que le territoire ».

Le personnage principal, Jed Martin, est artiste peintre et photographe. Il rencontre le succès en photographiant des cartes Michelin de départements, puis avec une série d'œuvres picturales sur les métiers, renouant avec sa première série sur les objets manufacturés. La dernière est consacrée à *Michel Houellebecq, écrivain*, personnage qui compose également la préface du catalogue de l'exposition. Les déplacements du protagoniste, pour des raisons familiales, touristiques ou professionnelles, sont l'occasion de réflexions sur l'appréhension du territoire et de l'objet qui permet de s'y repérer, la carte, mais aussi sur le monde et ses habitants en général, ainsi que sur le langage qui permet de communiquer avec eux : l'autre est souvent vu comme une terre étrangère et toute relation comme une aventure.

Les lecteurs sont au rendez-vous pour ce cinquième roman de Michel Houellebecq : le succès est immédiat et le livre reçoit le prix Goncourt 2010.

LA VIE DE MICHEL HOUELLEBECQ

Michel Houellebecq en 2016, lors d'une conférence à Buenos Aires.

Michel Thomas naît à La Réunion en 1956 (officiellement) ou en 1958 (selon lui). Ses parents divorcent alors qu'il est jeune enfant. Ce sont d'abord ses grands-parents maternels qui l'élèvent en Algérie, puis, en France cette fois, sa grand-mère paternelle, dont il prend pour pseudonyme le nom de jeune fille, Houellebecq.

En 1975, il entre à l'Institut National d'Agronomie Paris-Grignon et obtient en 1978 un diplôme d'ingénieur (spécialité « Mise en valeur du milieu naturel et écologie »), avant d'étudier la prise de vue à l'École Nationale Louis-Lumière. Son fils Étienne naît en 1981. Après un divorce, une période de chômage et une dépression, il entame une carrière dans l'informatique en 1983 et, à partir de 1996, se consacre pleinement à l'écriture, mais aussi à la musique, au cinéma et à la photographie.

Il collabore très souvent avec d'autres artistes : le photographe Marc Lathuillière (né en 1970), le chanteur Jean-Louis Aubert (né en 1955), le rockeur Iggy Pop (né en 1947) ou encore les cinéastes Benoît Delépine (né en 1958) et Gustave Kervern (né en 1962). En 2016, il organise d'ailleurs une exposition au Palais de Tokyo, à Paris, mêlant textes, photographies, films et installations : *Rester vivant*, reprenant le titre de l'un de ses essais publiés en 1991 (titre complet : *Rester vivant : méthode*) et plusieurs fois réédité depuis.

Bien qu'il soit aujourd'hui l'un des écrivains français contemporains les plus connus en France et à l'étranger, son rapport avec les médias reste compliqué : il s'y exprime très souvent (journaux, radios, télévision), mais n'apprécie guère qu'on parle de lui ou qu'on le photographie sans son autorisation. En 2015, il a ainsi publiquement reproché au journal *Le Monde* de mettre en danger sa sécurité suite à la publication de six articles faisant son portrait. Depuis la sortie de son roman *Soumission* le 7 janvier 2015, jour de l'attentat au journal satirique *Charlie Hebdo*, l'écrivain est sous protection policière. On peut lire un écho de ce rapport conflictuel avec les médias dans *La Carte et le Territoire* à travers les métaphores du vomi et de la défécation utilisées par le personnage « Michel Houellebecq » pour les qualifier (p. 165-166).

Ses œuvres et ses propos suscitent des polémiques très médiatisées autour, notamment, de sa manière d'évoquer les femmes, l'islam et la politique. Le monde universitaire s'intéresse de plus en plus à son œuvre, qui a toujours rencontré le succès auprès des critiques et du public, depuis le prix Tristan-Tzara en 1992 pour son recueil de poèmes *La Poursuite du bonheur* au prix Goncourt 2010 pour *La Carte et le Territoire* et au prix BnF 2015 pour l'ensemble de son œuvre.

Dans les années 2000, Michel Houellebecq vit quelque temps en Irlande (comme son homonyme de *La Carte et le Territoire*), puis en Espagne, avant de revenir à Paris et de s'installer dans le XIIIe arrondissement (comme Jed Martin, le personnage principal de *La Carte et le Territoire*).

Ses romans ne sont pas autobiographiques, même si l'on peut y trouver des échos de sa vie, en particulier de ses expériences professionnelles en entreprise et des idées que l'écrivain exprime par ailleurs dans ses essais et ses entretiens (notamment sur l'art et la politique). Son œuvre s'inspire beaucoup de son époque, de son environnement et exprime sa vision du monde particulière. Ainsi, on trouve dans ses textes des noms de marques, des personnes connues du monde littéraire et des médias ainsi qu'une géographie exacte des lieux où évoluent ses personnages.

Son ironie, son regard désabusé sur la société de consom-mation, voire sa crudité parfois, le sentiment d'absurde qui souvent étreint ses personnages, ou celui de l'impossibilité à communiquer, ainsi qu'un certain nihilisme, le font comparer aux écrivains américains Chuck Palahniuk (né en 1962), Bret Easton Ellis (né en 1964) et au Français Frédéric Beigbeder (né en 1965). Ce dernier est d'ailleurs l'un des personnages de *La Carte et le Territoire* : l'auteur de *L'Amour dure trois ans* (1997) y apparaît mondain, loufoque et extraverti pour donner des conseils concernant les femmes au personnage principal et le mettre en relation avec « Michel Houellebecq ».

L'approche sociologique des rapports humains, en particulier dans les domaines de l'amour et du travail, révèlent dans les romans de Michel Houellebecq un profond pessimisme dans lequel on a pu lire le désarroi de l'homme occidental de la fin du XXe siècle et du début du XXIe face à un monde dont il ne comprend pas les règles, comme s'il manquait à chacun le mode d'emploi des autres. L'écrivain a cependant un regard visionnaire et, selon l'économiste Bernard Maris (1946-2015), qui lui a consacré un ouvrage, *Houellebecq économiste* (2014), une rare compréhension de l'idéologie libérale.

La personnalité de Michel Houellebecq suscite beaucoup d'intérêt. Cette image, à la fois naturelle et travaillée, apparaît dans *La Carte et le Territoire* : l'écrivain, ou son double, est lui-même l'un des personnages importants de l'entourage du héros. Il joue également son propre rôle dans *L'Enlèvement de Michel Houellebecq* (film de Guillaume Nicloux, 2014) et semble très proche du personnage qu'il incarne dans *Near Death Experience* (film de Benoît Delépine et Gustave Kervern, 2014), bien que sa situation et son nom soient différents dans ce dernier film. Il est chaque fois question, dans ces incarnations, de solitude, de souffrance et de violence à son encontre, de la part des autres ou de lui-même.

Cette violence donne à réfléchir et trouve certainement un écho dans les relations de l'écrivain avec sa mère, Lucie Ceccaldi. Il en fait un personnage détestable des *Particules élémentaires*, portrait auquel elle-même a répondu dans une autobiographie, *L'Innocente* (2008), avec un franc-parler étonnant et une certaine agressivité vis-à-vis de son fils, qu'elle somme de s'excuser mais à qui elle demande pardon par ailleurs. Michel Houellebecq, qui l'avait déclarée morte dans une interview, écrit en 2005, dans l'un de ses rares textes purement autobiographiques et sous la forme d'un journal intitulé *Mourir*, avoir le sentiment que sa mère ne lui a jamais manifesté aucune tendresse et s'est débarrassée de lui alors qu'il était tout petit enfant, ce dont il garde une souffrance indicible et incurable.

RÉSUMÉ DE *LA CARTE ET LE TERRITOIRE*

La construction de *La Carte et le Territoire* est complexe. La chronologie du récit est rompue par de nombreuses analepses, comme s'il fallait régulièrement faire le point et rechercher dans le passé des personnages avant d'aborder la suite de l'histoire. À cette narration se mêlent de longues réflexions (sur l'art notamment), souvent présentes dans les dialogues, qui sont autant de pauses dans l'histoire.

UN ROMAN SUR L'ART

On retrouve dans *La Carte et le Territoire* les thèmes de prédilection de Michel Houellebecq (l'économie, la publicité, le tourisme, etc.), mais c'est surtout le roman où sa réflexion sur l'art est la plus développée.

Un soir de décembre où Jed Martin travaille à sa toile *Damien Hirst et Jeff Koons se partageant le marché de l'art*, ce peintre et photographe se rappelle la panne de son chauffe-eau un an auparavant. Les relations du héros avec cet objet évoluent tout au long de l'histoire : le chauffe-eau émet de plus en plus de bruits inquiétants et Jed Martin lui prête une oreille de plus en plus attentive, notant à la fin qu'il survit à Houellebecq et à son père, devenant ainsi « son plus ancien compagnon » (p. 385).

Après ce chapitre liminaire, le récit s'ouvre sur l'année précédente tout en relatant les années de jeunesse de Jed. Entré aux Beaux-Arts de Paris en proposant une série de *Trois cents photos de quincaillerie*, il poursuit sa carrière d'artiste en travaillant par séries sur différents sujets et en variant les supports (photographies, peintures, vidéogrammes – c'est-à-dire enregistrements vidéo).

Un jour, dans un relais de l'autoroute A20, alors qu'il se rend avec son père à l'enterrement de sa grand-mère, une véritable « révélation esthétique » (p. 79) le bouleverse face à une carte Michelin de la Creuse au 1/150 000e. Il réalise alors plus de 800 photos de telles cartes (régions et départements).

Alors qu'il prend part, avec ces clichés, à une exposition collective des anciens étudiants des Beaux-Arts, il fait la rencontre d'Olga Sheremoyova, une jeune femme employée au service communication de Michelin. Ils entament une relation amoureuse, ce qui permet bientôt à Jed d'organiser une exposition consacrée à ses seules photographies à la fondation Michelin pour l'art contemporain : *La carte est plus intéressante que le territoire.* Les critiques sont excellentes.

L'exposition et sa notoriété soudaine l'amènent à rencontrer un certain nombre de personnes du monde de l'art, de l'entreprise et du show-biz. C'est l'occasion pour l'auteur d'introduire une série de personnages secondaires hauts en couleur, comme l'attachée de presse Marylin ou l'écrivain Frédéric Beigbeder, ou de personnages plus ternes, comme le directeur de la communication de Michelin, Forestier, ou encore le galeriste Franz Teller.

Jed Martin se remet ensuite à la peinture et entreprend 42 tableaux en sept ans : la *Série des métiers simples*, qui représente les professions types (gérant de bac-tabac, escort-girl, etc.), puis 22 autres en 18 mois : la *Série des compositions d'entreprise*. L'avant-dernier tableau, *Damien Hirst et Jeff Koons se partageant le marché de l'art* est un échec et l'artiste finit par le détruire. Le dernier représente *Michel Houellebecq, écrivain*, qui sera l'objet d'un vol et la cause d'un crime.

UN RÉCIT INITIATIQUE

Le récit progresse vers la mort de plusieurs personnages : celle, symbolique, du héros, Jed Martin, qui clôt l'histoire, ainsi que celle de deux personnages importants, le père du personnage principal, Jean-Pierre Martin, et l'écrivain Houellebecq.

Ce dernier est assassiné et son corps entièrement dépecé, comme du papier déchiré. De ce geste, il faut comprendre la portée, donner du sens aux lambeaux de chair, en lire attentivement la forme et la disposition sur le lieu du crime. L'enquête, dirigée par le commissaire Jasselin, est une manière de retrouver l'unité de ce corps afin de le saisir une dernière fois : comprendre son histoire et réunir non seulement ses éléments constitutifs, mais aussi ses lecteurs, à son enterrement.

Ce n'est que trois ans plus tard que le mystère de ce meurtre est résolu : il a été commis par un riche chirurgien cannois, ironiquement spécialisé dans la chirurgie plastique et reconstructrice masculine, collectionneur d'insectes et de chimères humaines exposés dans une pièce de son sous-sol. La police y trouve aussi une esquisse de Francis Bacon (peintre anglais, 1909-1992), deux plastinations (méthode de conservation des tissus biologiques consistant à remplacer les différents liquides organiques par du silicone) de Gunther von Hagens (anatomiste allemand, né en 1945), ainsi que le portrait de Michel Houellebecq par Jed Martin. C'est pour cacher son vol derrière le crime d'un psychopathe qu'il a découpé l'écrivain en lanières. L'écrivain est donc mort au profit de sa représentation picturale.

Nulle réunion dernière en revanche pour Jean-Pierre Martin, qui choisit l'euthanasie en Suisse, l'incinération et la dispersion de ses cendres dans le lac de Zurich. L'arrivée de son fils quelques jours plus tard donne lieu, pour toute cérémonie, à une rouée de coups sur une responsable du centre d'euthanasie. Comme au moment du départ d'Olga, Jed Martin se sent impuissant face à la décision de son père et ne sait pas le retenir.

La mort de l'écrivain dans sa maison du Loiret et du père en Suisse, ainsi que la retraite du commissaire, qui décide de s'installer en Bretagne avec son épouse pour ses vieux jours, marquent la fin de la vie parisienne de Jed Martin. Il s'installe alors dans l'ancienne maison de ses grands-parents, dans le département de la Creuse, au cœur de la France et de sa première photographie de carte Michelin.

Jed Martin appartient désormais à ce territoire, dont il transforme les frontières en agrandissant le domaine et en faisant construire une route le traversant. C'est là qu'il travaille, les trente dernières années de sa vie, à son œuvre ultime : des photogrammes (images isolées d'un film) de la végétation de son jardin, de composants électroniques aspergés d'acide sulfurique dilué afin d'accélérer le processus de décomposition, de figurines également attaquées à l'acide, ainsi que de photographies de toutes les personnes qu'il a connues, accrochées dehors et subissant une dégradation naturelle.

En même temps, son corps se dégrade. Le résultat de la surimpression de ces sujets filmés symbolise l'anéantissement de l'humanité dans les villes figurées par les cartes-mémoires détériorées des ordinateurs en très gros plan. « Le triomphe de la végétation est total » est l'ultime observation du roman à propos de cette œuvre dernière.

Ainsi, il n'y a plus de carte, ni même de territoire : la terre l'emporte. À la fin de sa vie, Jed Martin dépasse donc ses aspirations et les fait converger vers un même but : dans la seule interview qu'il accepte de donner quelques mois avant sa mort, il répète qu'il veut « simplement rendre compte du monde » (p. 406).

Végétation, objets manufacturés, photographies de personnes se mêlent dans cette forme d'art total, en écho au destin du personnage Michel Houellebecq ; les « pathétiques petites figurines de type Playmobil », le « sentiment de désolation » face à la déliquescence des personnes connues par Jed Martin, qui « se décomposent et partent en lambeaux » (p. 414), rappellent le corps découpé de l'écrivain assassiné.

C'est ainsi qu'à la fin de sa vie, Jed Martin, plus solitaire que jamais, réussit à fusionner tous ses intérêts à travers une œuvre de destruction laissant triompher le végétal tout en lui assurant à lui-même le succès (les vidéogrammes sont conservés au MOMA de Philadelphie) et l'immortalité des grands artistes.

L'ŒUVRE EN CONTEXTE

« Le regard que Jed Martin porte sur la société de son temps, ajoute Houellebecq, est celui d'un ethnologue bien plus que d'un commentateur politique. » (p. 202)

Ce que dit l'écrivain, en tant que personnage du roman, dans la préface du catalogue de son exposition à propos du personnage principal, pourrait être dit à propos de l'auteur lui-même.

En effet, *La Carte et le Territoire* est une œuvre bien ancrée dans la France contemporaine. La description de la société qu'il donne à lire dans ce roman est celle de quelqu'un qui en connaît très bien les codes, les valeurs et le fonctionnement, mais qui, tout en même temps, semble ne pas en faire partie et s'en étonner constamment, parfois avec un regard ironique. C'est cette mise à distance qui en fait une œuvre de notre temps : dans un monde où l'espace public et les conversations sont saturés d'informations, de publicités et de lieux communs, la communication finit par apparaître dans sa dimension la plus factice à ceux qui ne sont pas parfaitement intégrés dans la société telle que la décrit Michel Houellebecq. C'est encore plus vrai dans le cas d'un écrivain – lui-même ou son double romanesque – ou d'un peintre et photographe comme Jed Martin, artistes portant un regard particulier sur le monde.

De plus, Michel Houellebecq développe depuis quelques années un véritable travail de photographe, dans une démarche qui s'inscrit aussi dans son époque : il s'agit de révéler l'image qu'il se fait de la France d'aujourd'hui, désindustrialisée et muséifiée, comme si elle était désormais plus à visiter touristiquement qu'à vivre. Fin 2014-début 2015 s'est tenue à la Maison de la photographie, à Paris, une exposition des photographies de l'écrivain, *Before Landing*, conjointement à celle du photographe Marc Lathuillière, *Musée National*.

La série de photographies de ce dernier montre des personnages archétypiques dans leur contexte, portant tous le même masque. Ce travail original révèle le caractère figé d'une France dont ces personnages composent le portrait, et le caractère tout aussi figé des représentations de cette France « traditionnelle ».

Marc Lathuillière propose ainsi une réflexion politique et artistique sur la muséification de la France, sur l'immobilisme et le retour au patrimoine et au terroir, mais aussi sur l'imaginaire collectif, l'humanité et le décor, ce dont on trouve un écho dans *La Carte et le Territoire*. Ses photographies sont accompagnées d'un texte de Michel Houellebecq, intitulé « Un remède à l'épuisement d'être » (éditions de La Martinière, 2014). L'écrivain y évoque en ces termes son propre rapport à la photographie en tant que sujet :

> « Et moi-même, je déteste être pris en photo, je suis le plus mauvais des modèles possibles, je ne comprends pas ce que veut le photographe et je ne souhaite pas le comprendre, au bout de cinq minutes j'ai déjà l'impression que la séance a duré des heures. Alors que, je m'en rends compte, j'aurais accepté assez facilement de mettre un masque, et de jouer mon propre rôle. Je suppose que, dans le projet de Marc

Le rôle de l'écrivain Michel Houellebecq comme personnage de *La Carte et le Territoire* répond bien à cette vision de sa propre image : photographié avant d'être peint par Jed Martin, et jouant son propre rôle, comme s'il portait son propre masque.

De la même manière que les photographies de *Before landing*, présentées par Michel Houellebecq comme le pro-longement du roman, *La Carte et le Territoire* s'ancre dans le contexte de la France contemporaine et figée.

Les personnages, les noms de marques cités sont connus dans la France des années 2000, et reconnus par le lecteur du roman sous forme de clichés, attendus et conformes à leur propre rôle :

- Olga porte un sac Prada ;
- Marylin, l'attachée de presse, qui s'est « plutôt arrangée en vieillissant » (p. 172) et que Jed Martin retrouve pour une seconde collaboration, a troqué son cabas contre un sac Hermès ;
- Jean-Pierre Pernaut (présentateur du journal télévisé de 13 h sur TF1 depuis 1988, né en 1950), dont le portrait est à la fois ironique et exalté, organise une fête de réveillon où sont représentées les régions (des paysans vendéens à l'entrée, des groupes de biniou breton, de polyphonie corse, des orchestres basque et savoyard, etc.) ;
- les bibliothèques du présentateur, dont le journal offre

une large place à l'actualité régionale et aux reportages ruraux, sont pleines de guides touristiques.

C'est bien une carte de la France contemporaine qui se dessine à la lecture, chaque élément étant bien à sa place attendue, tandis que cette banalité du décor et des accessoires suggère l'immobilisme sur lequel l'écrivain attire l'attention, au risque de voir les clichés envahir jusqu'au texte littéraire.

ANALYSE DES PERSONNAGES

JED MARTIN

Jed Martin est le personnage principal du roman. Orphelin de mère depuis ses 7 ans, il entretient des relations espacées mais régulières avec son père, avec qui il réveillonne tous les ans : plusieurs scènes du roman sont consacrées à ces soirs de Noël.

Comme pour son père, le travail tient la place la plus importante dans sa vie. Il y met toute son énergie et n'hésite pas à s'envoler par deux fois pour l'Irlande afin de rencontrer l'écrivain Michel Houellebecq : la première fois pour lui présenter son œuvre et lui demander d'écrire la préface du catalogue de sa future exposition, la seconde pour le photographier, dans le but de peindre ensuite son portrait, en cadeau de remerciement pour son texte.

Au moment de l'immense succès remporté par son œuvre, il trouve naturellement une attitude lors des mondanités. Il est en revanche beaucoup plus désarmé face à son père, à qui en général il ne sait que dire, et trouve encore moins de ressources dans ses relations amoureuses. À deux reprises, il manque de réaction et passe à côté des femmes de sa vie, comme s'il ne savait que faire de l'amour et du bonheur qui s'offrent à lui.

Cet homme calme, extrêmement sensible et très attaché à son entourage (Olga, Michel Houellebecq, son père), s'emporte deux fois dans le roman :

- la première fois, à la fin du prologue, il déchire et piétine sa toile *Damien Hirst et Jeff Koons se partageant le marché de l'art* (« C'était vraiment un tableau de merde qu'il était en train de faire », p. 58) ;
- la seconde juste avant l'épilogue, lorsque Jed roue de coups une femme de la direction de l'association Dignitas où son père s'est fait euthanasier.

Pour Agathe Novak-Lechevalier, c'est une « flambée de violence peu vraisemblable du point de vue de la cohérence psychologique du personnage de Jed [...]. Chaque fois, c'est l'évidence du triomphe provocant de la logique capitaliste (dans le domaine de l'art, dans celui de la mort) qui met Jed hors de lui » (p. 368). La mise en pièces du tableau annonce dramatiquement celle de Michel Houellebecq, auquel se substitue son seul tableau, qui reviendra finalement à Jed, selon les volontés de l'écrivain dans son testament.

C'est le seul personnage des romans de Michel Houellebecq à être animé par le désir de représenter le monde, de s'y confronter à sa manière, et non de le refuser.

JEAN-PIERRE MARTIN

Jean-Pierre Martin, père de Jed, est veuf et très solitaire. Il n'a ni connu, ni désiré connaître d'autre femme que la mère de son fils. Il est architecte, mais au cours d'une conversation, un soir de Noël, il apprend à son fils avoir commencé par faire les Beaux-Arts. Lors de ce repas, Jean-Pierre fait un long discours sur Le Corbusier (architecte, urbaniste et artiste suisse et français, 1887-1965), Charles Fourier (philosophe français, 1772-1837) et William Morris (designer textile, écrivain et artiste anglais, 1834-1896) à propos de l'histoire de l'art, du socialisme et du productivisme, aux mêmes accents que les propos que tiendra ensuite Houellebecq à Jed.

Il a été, selon son entourage, « un bon père » (p. 64), élevant seul son enfant. De même, Jed, qui l'emmène dîner le soir de Noël, est considéré comme « un bon fils » (p. 54) par les autres pensionnaires de la maison de retraite.

La passion du vieil homme pour l'architecture, qui remonte à son enfance, son amour pour sa femme violoniste et son regret de ne pas s'être accompli en tant qu'artiste se révèlent amèrement au cours de ses conversations avec son fils et suggèrent une grande sensibilité qui met ce dernier mal à l'aise. Il est très angoissé à l'idée de s'arrêter de travailler et, une fois retraité et atteint d'un cancer du rectum, en a rapidement « marre de vivre » (p. 339).

Leur ultime rencontre est une rencontre de l'absence : Jean-Pierre Martin a annoncé à son fils qu'il comptait se faire euthanasier, mais celui-ci n'arrive pas à le convaincre de ne pas le faire. Lorsque Jed apprend par la directrice de la maison de retraite que son père est parti en Suisse, il s'y rend immédiatement pour retracer ses derniers instants, attentif notamment à l'architecture de son hôtel et du centre d'euthanasie.

Jed n'a que peu compris son père durant sa vie ; il essaie donc de comprendre sa mort. De même, il a peu connu sa mère, mais voudrait comprendre son suicide, sans jamais oser le demander à son père. L'antépénultième tableau de la *Série des compositions d'entreprises* lui est consacré : *L'architecte*

Jean-Pierre Martin quittant la direction de son entreprise.

OLGA SHEREMOYOVA

Olga Sheremoyova est une Russe d'une beauté éblouissante, « l'une des cinq plus belles femmes de France » (p. 98) selon Frédéric Beigbeder (qui joue plus ou moins son propre rôle dans le roman). Elle travaille au service communication de Michelin.

Brillante, chic et cultivée, Olga impressionne Jed qu'elle présente au réseau social qu'elle a réussi à se créer à Paris en deux ans, dans la presse et les médias. Dès leur rencontre, elle croit au talent de Jed et éprouve pour lui une tendresse sincère. Ils vivent une histoire d'amour qui prend fin lorsqu'elle doit repartir en Russie pour son travail et qu'il n'ose pas la retenir.

Revenue en France après dix ans pour diriger Michelin TV, Olga invite Jed à un réveillon chez Jean-Pierre Pernault : ils finissent la nuit, la dernière qu'ils passeront ensemble, chez elle. En dépit de la remarquable évolution de sa carrière, elle reste fidèle à ses sentiments pour Jed : « Elle vous aimait *vraiment* » (p. 151), explique Frédéric Beigbeder à Jed.

MICHEL HOUELLEBECQ

Michel Houellebecq, l'auteur de *La Carte et le Territoire*, s'offre à lui-même un rôle dans son roman : un personnage qui porte le même nom et est également écrivain. Comme lui au début des années 2000, ce personnage vit en Irlande, est très critique vis-à-vis des médias et écrit la préface d'un livre de photographies représentant la France (tout comme l'auteur le fait pour Marc Lathuillière).

Le thème de l'enfance revient de manière récurrente concernant ce Michel Houellebecq de papier, à partir de son retour en France, à travers de petites précisions. Ainsi, faisant visiter sa maison du Loiret à Jed Martin, il lui fait remarquer qu'il dort dans son ancien lit d'enfant. Ensuite, au premier jour de l'enquête sur son assassinat, le commissaire Jasselin, après avoir parcouru le village aux rues portant des noms de philosophes, s'assoit un moment au bord d'une rivière, à la place exacte où venait jouer Houellebecq enfant : la rue Martin-Heidegger, l'impasse Leibniz, la place Parménide et le rond-point Emmanuel-Kant aboutissent à ce lieu de l'enfance, un point de non-rencontre entre ces deux personnages. Pourtant, les chemins de la pensée ne mènent ici nulle part. Ce sera par hasard, grâce à une arrestation pour excès de vitesse sur une autoroute, que le commissaire pourra élucider l'affaire du meurtre.

Jed Martin éprouve un profond sentiment d'amitié pour Michel Houellebecq. Dans une échappée onirique sentimentale, l'artiste s'imagine faisant ses courses au supermarché (lieu de félicité récurrent dans le roman) avec l'écrivain, presque amoureux ou acteurs d'un film publicitaire. *Michel Houellebecq, écrivain* est d'ailleurs son meilleur tableau, et le plus cher.

JEAN-PIERRE JASSELIN

Le commissaire Jean-Pierre Jasselin, qui enquête sur la mort de Michel Houellebecq, entre tardivement dans l'histoire (aux deux tiers du roman), mais s'impose comme un personnage très important dans l'équilibre romanesque.

Le narrateur développe sa vie privée, qui n'a rien à voir avec l'enquête, mais reprend un certain nombre de fils thématiques du roman (le travail et l'économie, l'amour et la sexualité, la vieillesse et la décrépitude) et en ajoute d'autres (le foyer, l'animal domestique et la stérilité) pour tisser, finalement, un ensemble complet : ses rapports harmonieux avec son épouse Hélène, professeur d'économie qui cuisine et s'est fait refaire les seins ; avec leur chien, stérile comme lui ; avec le collègue qui le remplacera à son départ à la retraite, à la fin du récit.

Il s'agit de Christian Ferber, qui a « un physique romantique » (p. 277), lit *Aurélia* (1853) de Gérard de Nerval (écrivain et poète français, 1808-1855), écoute Liszt (compositeur et pianiste hongrois, 1811-1886), et dont la sensibilité dans les rapports humains en font un très bon interrogateur de témoins.

Jasselin et Ferber forment ensemble un « double » de l'auteur, tout comme Jed Martin et « Michel Houellebecq » : « Curieusement, Jasselin formulait ainsi sans le savoir des recommandations presque identiques à celles que devait donner Houellebecq au sujet de son métier d'écrivain. » (p. 284) Ferber, quant à lui, est présenté par le narrateur comme ressemblant moins à un policier qu'à « un psychologue, ou un assistant en ethnologie » (p. 283), qui sont justement les traits de romanciers que l'on prête habituellement à Michel Houellebecq. Comme Jed Martin, Jasselin, qui habite aussi dans le XIIIe arrondissement de Paris, éprouve une certaine lassitude pour l'existence. Pourtant, sa vie de couple sereine et sa belle carrière dans la police en font le seul personnage à peu près heureux du livre (voir notamment p. 300 et suivantes).

ANALYSE DES THÉMATIQUES

L'ART

L'art est le véritable sujet de *La Carte et le Territoire*. Les théories exposées par le narrateur et certains personnages définissent l'art comme une représentation du monde : telle est en tout cas l'ambition de l'œuvre de Jed Martin. Dès le début du roman, celle-ci est analysée, depuis ses dessins d'enfant (des fleurs, dont le narrateur explique qu'elles « ne sont que des organes sexuels », p. 63) et sa découverte de la photographie au moment de son entrée aux Beaux-Arts, puis, rythmant le roman, jusqu'à ses grandes séries de photos, de tableaux et enfin, de vidéogrammes. Jed Martin est un artiste postmoderne qui renoue avec la figuration :

> « [...] les grands peintres du passé étaient considérés comme tels lorsqu'ils avaient développé du monde une vision à la fois cohérente et innovante ; ce qui signifie qu'ils peignaient toujours de la même manière, qu'ils utilisaient toujours la même méthode, les mêmes modes opératoires pour transformer les objets du monde en objets picturaux ; et que cette manière, qui leur était propre, n'avait jamais été employée auparavant. Ils étaient encore davantage estimés lorsque leur vision du monde paraissait exhaustive, semblait pouvoir s'appliquer à tous les objets et toutes les situations existantes ou imaginables, » (p. 65)

L'image joue un rôle primordial dans la vie de cet artiste : s'il n'a aucune image mémorielle de sa mère, il en a des photographies, comparées à des portraits d'un autre temps (p. 73). Ainsi, même la représentation de la réalité maternelle passe par le prisme de l'art : l'esthétisation du monde, par l'image ou par la littérature, est l'une des conditions de sa mise à distance, nécessaire à la survie des personnages principaux du roman d'un point de vue psychique et émotionnel. De même, Jed observe des photos de la chair mutilée de Michel Houellebecq en pensant que ce n'est qu'une « assez médiocre imitation de Pollock [peintre américain, 1912-1956] » (p. 349).

Cependant, la dimension philosophique de l'art est très peu valorisée : les œuvres de Jed deviennent des objets luxueux, des objets de transaction par la magie du marché de l'art, loin de toute transcendance. C'est pourtant une vision singulière et cohérente du monde que propose le personnage de Jed Martin : il ne l'appréhende qu'à travers son regard d'artiste. Son projet de « donner une description objective du monde » (p. 77) fait écho à celui de l'auteur de *La Carte et le Territoire*. À la fin de sa vie et du roman, Jed Martin passe de la photo au vidéogramme, du temps figé (art de l'instant) à l'écoulement du temps (jusqu'à la mort), comme si le vidéogramme était une métaphore du roman, qui donne une image de la France pétrifiée tout en donnant à voir l'écoulement du temps et l'intime de l'artiste.

La peinture, l'écriture et l'architecture sont omniprésentes dans *La Carte et le Territoire* et leurs corrélations très suggestives. Chacun de ces arts est représenté par un personnage et les interactions entre ceux-ci permettent au narrateur de suggérer les liens entre les trois disciplines. Ainsi, Jed ne comprend que tardivement la dimension artistique de l'architecture et, par conséquent, les ambitions artistiques de son père qui évoque sa jeunesse au cours d'un de leurs dîners : « L'idée que son père avait fait lui aussi les Beaux-Arts, que l'architecture appartenait aux disciplines artistiques, était surprenante, inconfortable. » (p. 230)

L'art se révèle ici comme une activité solitaire relevant de ce qu'il y a de plus intime. Le père se montre au-delà de sa fonction de père, pleurant en évoquant ses souvenirs d'enfance où il fabriquait des nids pour les hirondelles et offrant pour une fois à son fils une autre vision de sa profession que ses problèmes techniques et financiers. C'est justement le fonctionnalisme de Le Corbusier qu'il dénonce ici comme ayant prévalu et auquel lui-même, bien que partageant la vision de William Morris (qui refuse la distinction entre l'art et l'artisanat), finit par se soumettre. C'est dans un bâtiment « très Le Corbusier » (p. 363) de Zürich qu'il ira se faire euthanasier et Jed Martin, s'y rendant afin de comprendre les derniers moments de la vie de son père, devine que l'une de ses dernières pensées aura été une considération sur la qualité du béton suisse (p. 364).

La dimension autoréflexive du roman suppose d'ailleurs une structure très travaillée, au centre de laquelle rayonne la représentation de l'écrivain au travail, métaphore de l'œuvre en train de se faire. Le portrait de Michel Houellebecq par Jed Martin, représenté « au milieu d'un univers de papier » (p. 200), face à un bureau recouvert de feuilles écrites et devant un mur tapissé de feuilles manuscrites, est le parfait reflet, au centre même du livre, de l'image projetée de l'écrivain par l'écrivain lui-même. La dimension visuelle du tableau et de l'écriture se rejoignent : le lecteur se figure croiser le regard de Michel Houellebecq, auteur et personnage. La cartographie de l'œuvre se donne à lire enfin à travers sa reterritorialisation, notamment à la fin du roman, où l'on assiste à une réappropriation du territoire, à partir des plans du père, avec une percée poétique finale, au futur, qui contraste avec le sociologisme de l'ensemble.

LE TRAVAIL

Le monde du travail est un grand thème houellebecquien, en particulier le travail en entreprise, sujet de la grande série de tableaux de Jed Martin (*Bill Gates et Steve Jobs s'entretenant du futur de l'informatique* ; *Maya Dubois, assistante de télémaintenance* ; *Le journaliste Jean-Pierre Pernaut animant une conférence de rédaction* ; ou encore *L'ingénieur Ferdinand Piëch visitant les ateliers de production de Molsheim*).

Jed et son père travaillent énormément, mais si le fils trouve un certain épanouissement dans la réalisation de son œuvre, le travail d'architecte du père ne lui permet pas de s'accomplir artistiquement : ses constructions ne dépendent pas entièrement de lui et sont liées à trop d'enjeux économiques. Le travail de son fils est beaucoup plus libre et solitaire.

C'est sans l'avoir véritablement cherché qu'il fait fortune. Lorsqu'il met en vente ses photographies des cartes Michelin sur Internet, il effectue un calcul qui lui semble de bon sens : « Un tirage lui revenait grosso modo à trente euros, il décida de les proposer à deux cent euros sur le site. » (p. 116) Constatant la vitesse à laquelle les séries se vendent, il finit par multiplier le prix par dix : « Voilà, ça y était, maintenant :

il connaissait son prix sur le marché. » (p. 116)

Lorsque le prix de ses toiles atteint ensuite des sommets, Jed est surpris, mais reste détaché de ces préoccupations comme s'il y avait une véritable césure entre l'art et le marché de l'art. D'ailleurs, « les études de Jed avaient été purement littéraires et artistiques, et il n'avait jamais eu l'occasion de méditer sur le mystère capitaliste par excellence : celui de la formation du prix » (p. 116). Sans jamais chercher à comprendre ce mystère, le héros en accepte le jeu comme le moyen d'être débarrassé de tout problème financier et de pouvoir se consacrer entièrement à son art.

Avec ses collaborateurs occasionnels, les relations se passent toujours très bien : Marylin, l'attachée de presse, est extrêmement efficace ; Patrick Forestier, le directeur de la communication de Michelin France, lui laisse toute liberté, comme son galeriste Franz Teller ; Michel Houellebecq est également docile dans l'ensemble et Jed arrive à faire aboutir ses projets. Il s'adapte remarquablement bien à chacun de ses interlocuteurs, tous très professionnels.

De même, les policiers en charge de l'enquête, dans la troisième partie du roman, sont présentés comme excellents tandis que le métier est salué dans les remerciements à la fin du roman. Enfin, la carrière d'Olga est remarquable.

En somme, le travail est une valeur importante, permettant à chacun de faire exactement ce qu'il a à faire, jusqu'aux caissières du supermarché Casino qui lui demandent systématiquement s'il a sa carte de fidélité.

L'AMOUR

Contrairement à d'autres romans de Houellebecq, aucun personnage n'est ici obsédé par le sexe. Il est rare qu'un héros houellebecquien soit véritablement aimé par une femme. C'est pourtant le cas avec Jed et Olga, comme le lui confirme Frédéric Beigbeder, qui apparaît dans le roman comme un spécialiste des femmes et de l'amour. Même si cette relation amoureuse ne se poursuit pas et laisse à Jed le souvenir d'un bonheur inabouti, ce sentiment reste un horizon, une possibilité de vie.

Le commissaire Jasselin et sa femme Hélène vivent cette possibilité sans nulle exaltation mais avec une sérénité qui en fait la richesse et l'équilibre. Le couple a une vie sexuelle satisfaisante, pas d'enfants, mais un chien fidèle et attachant, symbole d'un harmonieux foyer, et chacun porte à l'autre de petites attentions dans la vie quotidienne (à table, en regardant la télévision, dans l'intimité, etc.) qui semblent être le secret d'un bonheur continu.

L'amour filial entre Jed Martin et son père occupe également une place très importante dans le roman. Jed perpétue du mieux qu'il peut la tradition du repas de Noël, et même si les conversations sont parfois difficiles, son père reste l'être qu'il connaît le mieux (p. 127). S'il ne peut le retenir dans son projet d'euthanasie, Jed se rend immédiatement à Zürich pour savoir exactement comment les choses se sont passées. En rentrant à Paris, il ressent « une vague de tristesse profonde, qu'il savait définitive » (p. 369). La tristesse et la solitude dans laquelle vit Jed Martin après la mort de son père sont liées au deuil, mais aussi à ce que lui a révélé le parcours de son père et l'impuissance de son amour de fils à le sauver.

LE CORPS

La beauté ou la laideur des personnages est un critère important chez Houellebecq. Le narrateur est extrêmement cruel envers les femmes peu gracieuses comme l'attachée de presse, décrite comme une « petite chose souffreteuse, maigre et presque bossue, malencontreusement prénommée Marylin [...], ce pauvre petit bout de femme, au vagin inexploré » (p. 101) et qui se métamorphose grâce aux conseils de magazines féminins. Jed Martin, quoique mince et petit, a la chance d'être « joli garçon » (p. 96) et « mignon » (p. 83) selon Olga. Celle-ci, quant à elle, « correspon[d] parfaitement à l'image de la beauté slave telle que l'ont popularisée les agences de mannequins et les magazines après la chute de l'URSS » (p. 88-89) : elle est comme il faut qu'elle soit et fait l'unanimité, même si cela la rend un peu impersonnelle puisqu'elle est surtout décrite à travers ses vêtements et selon son adéquation aux canons de beauté. Ainsi, le narrateur insiste sur son allure mais très peu sur son visage.

À l'inverse, le personnage de Michel Houellebecq est présenté dans toute sa laideur lors de la seconde visite de Jed en Irlande : rouge, sale, purulent, grognant, « il avait pris du ventre depuis la dernière fois, mais son cou, ses bras étaient toujours aussi décharnés ; il ressemblait à une vieille tortue malade » (p. 182), comme si, à mesure qu'il se désolidarisait du genre humain (tel qu'il le déclare à Jed), l'écrivain se résorbait dans un corps malheureux. Victime d'un assassinat d'une rare violence, son corps littéralement décharné et découpé, devient une œuvre d'inhumanité absolue.

Le corps changeant est très mal perçu par le narrateur. La vieillesse n'est associée qu'à la décrépitude. Ainsi, dans sa maison de retraite, Jean-Pierre Martin comprend qu'il ne pourra plus être bien nulle part, ne supporte pas qu'on lui change encore son anus artificiel et décide d'être euthanasié. Olga, quant à elle, commence à s'affaisser, tandis qu'Hélène, l'épouse du commissaire Jasselin, a le bon goût de se faire refaire les seins, ce qui lui vaut toute l'estime du narrateur. Dépecé, comme sacrifié, le corps de l'écrivain ne vieillira pas : au contraire, son cercueil a la taille de celui d'un enfant et il ne reste de lui, comme il le souhaitait, qu'une image : le tableau *Michel Houellebecq, écrivain*, de Jed Martin, dont la cote atteint alors 900 000 euros.

LA MORT

La mort est omniprésente dans le roman, même si ce n'est que dans la troisième partie qu'elle se révèle dans toute sa matérialité. Tout au long du roman, Jed Martin apparaît comme un personnage affecté par des deuils successifs : sa mère, sa grand-mère, Michel Houellebecq et enfin, son père. Ces deux derniers personnages expriment à Jed Martin leur peur de la déchéance physique et sentent leur mort prochaine. Or le cadavre de chacun sera pulvérisé : découpé en morceaux pour le premier, réduit en cendres et jeté aux carpes pour le second. La disparition de ces corps est d'autant plus marquante que les corps féminins subissent un tout autre traitement dans le roman. La beauté d'Olga et d'Hélène Jasselin perdure malgré les années, la grand-mère de Jed meurt de vieillesse et sa mère décède en prenant du cyanure, sans souffrance, après avoir croisé une voisine qui lui trouve « l'expression de quelqu'un qui s'apprête à partir en vacances » (p. 227).

Ces différentes manières de mourir s'inscrivent dans le destin commun de l'humanité, comme un processus à accepter. Deux relations avec les défunts sont d'ailleurs envisagées dans le récit : les coutumes d'exhumation malgaches (p. 81) racontées à Jed Martin par sa première maîtresse, Geneviève, et la méditation bouddhiste sur les cadavres, pratiquée par Jasselin. La contemplation de la nature qui se fane s'inscrit également dans cette destinée commune : Jed Martin comprend, dès l'âge de 5 ans, que les fleurs sont belles et tristes parce que fragiles et destinées à la mort (p. 63-64) et renoue avec l'idée du pourrissement naturel dans son œuvre ultime, à la fin de sa vie.

LA FRANCE

Le devenir de la France est un sujet qui semble beaucoup intéresser Houellebecq. On en trouve un écho dans *La Carte et le Territoire* à propos du développement du tourisme : la France perd son statut industriel et devient un musée, un lieu à visiter et non où vivre, sinon dans les règles d'un « art de vivre » (p. 402) apprécié par les visiteurs étrangers, mais factice. La période de bonheur amoureux entre Jed et Olga, qui travaille pour le Guide Michelin, est celle durant laquelle ils profitent de manière idyllique des relais gastronomiques du Guide. Dans ce pays de maisons d'hôtes, le héros a du mal à trouver un plombier le soir de Noël, et celui avec qui il finit par entrer en contact a l'intention de retourner en Croatie pour ouvrir une entreprise de location de scooters des mers.

C'est une France de papier que dessine le roman, une France de cartes routières, de prospectus et de menus ; c'est aussi une France peinte et photographiée, révélée à travers ses objets manufacturés, ses métiers typiques et ses expressions toutes faites, comme si la réalité française ne pouvait être saisie que dans ses représentations les plus attendues.

LA COMMUNICATION

La solitude des personnages se révèle dans la pauvreté de leur investissement communicationnel. Ils sont silencieux, tenant un discours convenu ou minimal, d'autres fois professant de froides théories sur l'art ou l'économie, ou encore incapables de trouver les mots qu'il faut pour poser de vraies questions ou exprimer d'authentiques sentiments. Si le langage social est aliénant, les personnages sont tout autant prisonniers de leur manque d'expressivité personnelle. C'est avec son père que Jed Martin a le plus de mal à communiquer et cherche « frénétiquement » (p. 51) des sujets de conversation. Tous deux ne s'en sortent toutefois pas si mal sur l'art ou la politique. Il en est de même avec Michel Houellebecq ou, de manière générale, avec toutes les personnes concernées par son travail.

En revanche, lorsqu'il s'agit de retenir quelqu'un d'aimé, Jed Martin est en difficulté : il ne sait comment convaincre son père de ne pas se faire euthanasier, ni Olga de rester à Paris avec lui. Jed Martin est un homme très solitaire. Ainsi, dans ses rapports avec les autres, même les plus intimes, il y a une irréductible distance, comme s'il était lui-même séparé d'eux par les lignes d'une carte dessinant son univers intérieur, qui communique aux marges avec celui des autres, mais aux frontières infranchissables. À la fin du récit, sortant très rarement de sa propriété, il s'enferme peu à peu dans son territoire, plus important finalement que la carte, qui le mettrait dans un rapport minimal avec les autres. Ne se familiarisant pas avec son environnement urbain ni rural, Jed apparaît comme un éternel touriste dans sa propre vie.

LA TOPOGRAPHIE

Dans *La Carte et le Territoire*, la carte est une métaphore de l'écriture et des chemins de la mémoire. On trouve dans le roman des cartes routières, des cartes bleues, des cartes mères, des cartes-mémoire, etc. La carte est nécessaire pour se repérer mais peut aussi pour être elle-même un objet d'intérêt, de transaction, d'organisation et d'objectivation. Une carte met tout le monde d'accord, loin de tout problème émotionnel ou communicationnel : elle dit ce qui est, où cela est et montre comment s'y rendre. C'est bien sur cette médiation qu'il faut se concentrer.

De même, le roman est ici le découpage d'une partie du monde : il le représente (c'est la dimension réaliste du roman) et, dans le même geste, l'esthétise (la littérature est une œuvre d'art), exactement comme la « révélation esthétique » qui étreint Jed Martin devant la carte Michelin de la

Creuse dans le relais d'autoroute. Les photographies qu'il en fait ensuite sont à l'image du roman, des objets artistiques représentant le monde : elles ont une valeur en elles-mêmes et en tant que médiatrices. Elles le mènent vers des lieux de sa mémoire (la Creuse est le département où vécut sa grand-mère), vers l'amour (Jed rencontre Olga alors qu'elle est postée devant la partie de la carte où se trouve le village de la grand-mère de Jed), vers le succès.

STYLE ET ÉCRITURE

UN CERTAIN RÉALISME

L'écrivain prend en considération tous les aspects de l'homme, y compris les plus triviaux, comme la dégradation des corps, et s'attarde sur les petits bonheurs de la vie quotidienne, notamment la nourriture. En ne négligeant pas de tels détails et en les conjuguant avec l'expérience de la vie de l'homme occidental plongé dans une société de consommation et un monde de l'image et de la publicité permanentes, le romancier place son lecteur au cœur d'un univers qu'il reconnaît immédiatement et dont il connaît les codes.

La mise à distance par l'ironie, voire le cynisme, permet de mieux appréhender ce monde et d'y échapper tout à la fois. Évoquant ses études à l'Institut National d'Agronomie, Michel Houellebecq écrit à propos des méthodes d'observation et de description de la pédologie (étude scientifique des sols) : « À travers la coupe du sol, l'étudiant en agronomie se forme à cette discipline austère consistant à porter un regard neutre, purement objectif sur le monde » (HOUELLEBECQ (Michel), « Coupes de sol », in *Interventions 2*, p. 275-282). C'est ce regard que tentent de saisir l'auteur et son héros Jed Martin.

L'objectivation passe par des considérations générales sur toutes sortes de sujets, comme si le narrateur éprouvait le besoin de mesurer son propos à une vérité objective, comme s'il était évident que l'on ne pouvait se fier au ressenti et qu'il était nécessaire d'avoir sur le monde des connaissances élémentaires et reconnues, un socle commun de vérités communément admises, pour pouvoir l'appréhender.

La narration laisse ainsi une large place aux énoncés à tonalité sociologique ou scientifique : le don des femmes pour l'art de la conversation, les origines diverses de l'oligospermie (insuffisance du nombre de spermatozoïdes dans le sperme), le développement des mouches, la longévité de la vie conjugale, les fonctions des commissaires de police, etc.

Mises sur le même plan, ces considérations mêlent une présentation objective des éléments de l'intrigue (jusqu'aux mouches) et des généralités sans aucun fondement sérieux, mais qui sont le propre de l'écriture de Houellebecq, amère ou parodique : on ignore parfois à quel degré le lire.

Des formules générales font figure de commentaires à propos de circonstances très précises concernant les personnages, comme s'il fallait prendre immédiatement de la hauteur :

> « "Vous savez que vous êtes avec une des cinq plus belles femmes de Paris ?" Son ton était redevenu sérieux, professionnel, il connaissait visiblement les quatre autres. À cela non plus, Jed ne trouva rien à répondre. Que répondre, en général, aux interrogations humaines ? » (p. 98)

Le décalage entre le contexte et la tonalité métaphysique de cette dernière question peut déstabiliser le lecteur en rappelant l'écart absolu qui peut exister, malgré les apparences, entre deux personnes échangeant les propos les plus superficiels et entre ces propos et les tourments des interlocuteurs.

UNE ÉCRITURE À VOIX MULTIPLES

Dans ce roman écrit à la troisième personne, les dialogues sont nombreux (entre Jed Martin et son père, avec son galeriste, avec Michel Houellebecq...). Les personnages y développent leurs réflexions sur l'art. Mais le narrateur donne également la parole au monde, aux objets, aux textes qui nous entourent : descriptif de maison d'hôte, notice d'appareil photo, chansons françaises populaires (*Le blues du businessman*, 1978), etc. On relève également de nombreuses citations ou emprunts, notamment à l'encyclopédie collaborative en ligne Wikipédia, ce qui a été reproché à l'auteur.

Lorsqu'il évoque le parcours artistique de Jed Martin, le narrateur feint de s'opposer à la *doxa* (ensemble de préjugés communs aux membres d'une société qui sert de base à leur communication) des critiques : « La plupart des historiens d'art » (p. 200), ou « On a souvent présenté le travail de Jed Martin comme étant issu d'une réflexion froide, détachée, sur l'état du monde, on en a fait une sorte d'héritier des grands artistes conceptuels du siècle précédent. C'est pourtant dans un état de frénésie nerveuse qu'il acheta, dès son retour à Paris, toutes les cartes Michelin qu'il put trouver » (p. 87). La crédibilité du narrateur naît de cette intime connaissance qu'il semble avoir du personnage, loin de ce que pensent les critiques d'art. L'un d'eux est pourtant personnalisé, le Chinois Wong Fu Xin, dont les propos rapportés par le narrateur sont les seuls à donner un sens à l'évolution artistique de Jed Martin.

Houellebecq se démarque par l'utilisation d'un nombre considérable d'expressions en italique. Ce procédé cher à Gustave Flaubert (écrivain français, 1821-1880) est employé d'une manière tout à fait originale par Houellebecq.

D'une part, cela permet une mise à distance qui peut être ironique, transformant une expression en une étrangeté telle qu'elle ne peut être assumée. Le narrateur ressemble alors parfois à un scientifique tentant une expérience verbale, essayant timidement l'expression, supposant que là est sa place, que c'est ainsi qu'il faut dire. On rejoint le problème du langage et, plus largement, de la communication. Ces mots en italique apparaissent comme des citations d'autrui, des mots attendus mais étrangers, des mots qui s'imposent mais parasitent le discours et jettent un soupçon sur son authenticité. Ce langage sonne faux et dénonce le caractère artificiel des rapports humains et des rapports au monde se révélant à travers ces « éléments de langage ». Mais le narrateur n'arrive pas à prendre entièrement à son compte ces lieux communs, révélant que cette manière de parler est aussi éphémère qu'une mode.

D'autre part, les italiques sont utilisés par Houellebecq pour insister philosophiquement sur certaines réflexions, principalement dans la troisième partie : « L'homme *ne faisait pas* partie de la nature » (p. 320) ou « Au contraire, presque personne, jamais, n'avait travaillé uniquement pour l'argent » (p. 329). Le lecteur est alors invité à prendre les clichés à contre-pied.

Ailleurs, les italiques soulignent la sursignifiance, comme lorsque Jed craint que la décision prise par son père de se faire euthanasier ne soit irrévocable et qu'il « ne choisisse de *trancher dans le vif* » (p. 341) : la formule peut paraître anodine mais elle est soulignée à dessein pour faire écho à la thématique importante du découpage et de la chair. La mort de Michel Houellebecq et son dépeçage survient en effet alors que Jed s'attend à apprendre la disparition de son père.

On remarque enfin un usage de l'italique comme valorisation d'une belle formule définissant l'artiste et, dans la même phrase, pour désigner la plus basse matérialité houellebecquienne : « Jed bénéficiait de cette espèce d'*exception d'extra-territorialité* qui est depuis toujours accordée aux artistes par les *filles*. » (p. 141) C'est aussi avec le langage, ce langage précisément, que le monde se dévoile aux yeux du narrateur et de son personnage principal. Et c'est ce même langage qui crée une connivence avec le lecteur, qui voit les expressions de son propre monde transposées dans le livre.

Cette familiarité crée un sentiment d'appartenance au même territoire et révèle une écriture réaliste et très contemporaine : *paradis tropical, agréable soirée, assurer au pieu, sentiment d'amitié, peintre du dimanche, encore jeune.* Ces expressions toutes faites, devenues matériau littéraire, révèlent leur insignifiance. C'est en réalité leur multiplicité, le réseau que crée leur récurrence, qui révèle autre chose qu'elles-mêmes : une image formatée du monde dans lequel nous évoluons. Le travail de l'écrivain en dévoile la vanité et lui oppose l'expression littéraire, libre, originale.

Par de nombreux aspects, il s'agit d'un roman pessimiste : Jed Martin, son père et Michel Houellebecq sont voués à la solitude, à la déchéance physique (souffrance physique et décrépitude pour Jed vieillissant, anus artificiel et euthanasie pour son père, assassinat sauvage pour l'écrivain). Le héros est orphelin tandis que son père est veuf. Tous trouvent une satisfaction dans leur travail solitaire, mais nul bonheur amoureux.

Fatigués de vivre comme Charles d'Orléans (prince et poète, 1394-1465), cité en exergue du roman (« Le monde est ennuyé de moy,/ Et moy pareillement de luy »), ces personnages ont parfois des élans lyriques dans l'expression de leur désespoir, comme lorsque Jed comprend que l'amour d'Olga était sincère et que pourtant plus rien n'aurait lieu entre eux (p. 257-258). Ce discours intérieur, qui procède par juxtapositions et s'achemine vers la conclusion d'un irrémédiable « trop tard », Jed s'avère incapable de le synthétiser en une phrase qu'il voudrait laisser à Olga encore endormie au matin de leurs retrouvailles. Alors que, dans la cuisine, il se prépare un « Nespresso » entre une boîte de chocolats « Debauve et Gallet » et du jus d'orange « Leader Price », il ne trouve pas sa propre formule au milieu de ces étiquettes, dans ce monde formaté dans lequel chaque objet relève d'une marque, et décide de se rendre immédiatement chez Michel Houellebecq. C'est, pour l'auteur de *La Carte et le Territoire*, suggérer que la littérature est la seule expression libre, originale et authentique.

Les bonheurs dérisoires de Jed Martin, « orgie de pâtes italiennes » ou « soirée avec une *escort-girl* libanaise », sont des joies de consommateur, un sentiment qu'il partage avec Michel Houellebecq. Ce dernier, lors d'une discussion avec Jed, pleure en évoquant « trois produits parfaits : les chaussures Paraboot Marche, le combiné ordinateur portable-imprimante Canon Libris, la parka Camel Legend. Ces produits, je les ai aimés, passionnément... » (p. 186).

Figurant sa fidélité à ces objets dans une relation de longue durée, l'écrivain prend des accents sentimentaux : c'est une conversation véritablement intime que mènent les deux artistes ce soir-là en partageant du vin et de la charcuterie.

LE ROMAN D'UN ARTISTE

La Carte et le Territoire présente un artiste au travail en racontant toute la carrière et l'évolution artistique du peintre et photographe Jed Martin. Mais à travers l'œuvre de celui-ci, d'autres artistes, réels ou fictifs, sont mis en scène, comme Damien Hirst (artiste britannique, né en 1965), Jeff Koons (plasticien américain, né en 1955), Jean-Pierre Martin et surtout Michel Houellebecq lui-même.

Le travail sur la représentation du monde s'inscrit en effet dans la portée réflexive du roman, qui révèle un art de la *mimêsis* et du détournement, notamment avec une dimension parodique : les critiques de l'œuvre de Jed Martin, les échos à sa biographie, les clins d'œil aux écrivains français Georges Perec (1936-1982) ou Thierry Jonquet (1954-2009). Tout en se mettant lui-même en scène sous son nom, Michel Houellebecq met en pièces, au sens propre et au sens figuré, sa propre identification.

Finalement, la carte est « plus intéressante » (p. 105) que le territoire, car elle crée le monde romanesque et fait advenir son propre référent. La représentation de Michel Houellebecq par Jed Martin occupe toute la deuxième partie du roman, lui donnant une dimension autofictionnelle : au cœur du texte, c'est l'écrivain lui-même qui se donne à voir, à travers le prisme de l'art et jouant avec les clichés le concernant. La portée réflexive se joue aussi dans le texte que l'écrivain lui-même écrit sur Jed Martin : chacun, finalement, représente l'œuvre, prend l'autre comme sujet.

Comme le montre Agathe Novak-Lechevalier, *La Carte et le Territoire* s'inscrit dans la tradition balzacienne du roman d'artiste. À travers cette vision poétique, c'est un idéal artistique qui est exprimé en palimpseste : avant de se révéler comme artiste, Jed Martin fournit des « clichés techniquement parfaits, mais neutres » (p. 71). Au summum de sa carrière, il définit l'artiste comme quelqu'un de « soumis à des messages mystérieux, imprévisibles » (p. 129) qui commandent impérieusement la direction à prendre : en somme, c'est l'« intuition » (*ibid,*) qui dessine la carte.

LA RÉCEPTION DE *LA CARTE ET LE TERRITOIRE*

UNE ŒUVRE BIEN REÇUE

D'*Extension du domaine de la lutte* (1994) à *Soumission* (2015), chacun des six romans de Michel Houellebecq a connu un immense succès, malgré les polémiques qui en ont parfois accompagné la sortie. Il s'est constitué un lectorat fidèle : chacune de ses publications est très attendue et médiatisée.

Il est souvent considéré comme l'écrivain qui a su saisir et exprimer le désarroi de l'homme occidental d'aujourd'hui, sa médiocrité, ses désillusions, sa misère affective et sexuelle, mais aussi comme un visionnaire en ce qui concerne les questions de société.

La Carte et le Territoire est jugé le moins provocant de ses romans : on y trouve peu de considérations politiques, encore moins religieuses, et le thème de la sexualité y est beaucoup moins présent, laissant place à celui de l'amour. La possibilité du bonheur est enfin envisagée. Son travail sur la description, le portrait et l'ancrage des personnages dans leur milieu socioculturel a été salué au point d'être comparé à celui des grands écrivains réalistes du XIXe siècle.

Il laisse également place à une véritable réflexion sur l'art (peinture, photographie, architecture), même si les propos de Jed Martin sur l'œuvre du peintre espagnol Pablo Picasso (1881-1973) jugée laide, stupide et parfaitement inintéressante, ont suscité de vives réactions, par exemple de la part de l'écrivain Philippe Sollers (né en 1936) ou de l'écrivain marocain Tahar Ben Jelloun (né en 1944).

Enfin, la composition architecturale du roman (jeux sur la chronologie, mise en abyme, etc.) a été particulièrement appréciée. C'est le premier roman de Michel Houellebecq à être réédité avec une présentation, des notes et un dossier pédagogique (par Agathe Novak-Lechevalier).

UN ROMAN APAISÉ

Contrairement aux autres personnages principaux des romans de Michel Houellebecq, Jed Martin a une véritable vocation. Son travail est reconnu, il rencontre l'amour et le succès, la notoriété et la fortune. Certes, il n'est pas absolument épanoui et se révèle incapable de retenir Olga, la femme qu'il aime, mais le regard du narrateur sur lui est rarement cynique. Ses relations avec les autres ne sont pas intéressées, mais humaines : amicales avec Michel Houellebecq, bienveillantes avec son père. Les autres personnages principaux (comme ces deux derniers) sont travaillés dans leur complexité et non dans la perspective d'une dérision ou d'une vision nihiliste, même à l'évocation de leurs faiblesses et de leurs échecs.

Cet apaisement dans la tonalité houellebecquienne a été relevé par de nombreux critiques littéraires comme un point fort dans l'ensemble de son œuvre romanesque, peuplée de personnages souvent médiocres et de considérations beaucoup plus pessimistes sur l'intérêt de la vie et la nature des relations humaines que dans La Carte et le Territoire.

CRITIQUES

Les critiques négatives concernant *La Carte et le Territoire* portent sur l'idéologie exprimée par le narrateur, souvent jugée banale et réactionnaire, ainsi que sur les personnages manquant de profondeur psychologique, voire totalement inconsistants selon certains.

C'est également un manque d'originalité dans le style et des emprunts à d'autres auteurs qui lui sont reprochés, non en termes d'influence, mais de pâle copie ou même de plagiat, comme envers Alfred Elton van Vogt (écrivain canadien, 1912-2000), Georges Perec, le genre cyberpunk ainsi que l'encyclopédie collaborative Wikipédia (qu'il remercie à la fin du roman dans l'édition J'ai lu, 2011).

La critique de Tahar Ben Jelloun, membre du jury du prix Goncourt, est très sévère, mais partagée par un certain nombre de critiques littéraires :

> « Qu'offre de nouveau ce roman ? Quelques bavardages sur la condition humaine, une écriture affectée qui prétend à l'épure, une fiction qui convoque des personnages réels et les mélange à d'autres inventés, un peu de publicité pour des produits de consommation et enfin l'ultime message d'un écrivain qui se croit au-dessus du lot et des règles, éternellement maudit et incompris, et surtout quelqu'un qui n'aime ni la vie ni les voies du bonheur. Personnellement peu m'importe ce que pense Houellebecq des empires industriels, de l'architecture moderne ou de la peinture [...]. Le livre est semé de marques, on dirait le maillot d'un athlète sponsorisé. » (journal italien *La Repubblica* du 19 août 2010)

Enfin, il est reproché à ce roman un certain esprit marketing et un formatage visant le prix Goncourt, auquel l'écrivain aspirait depuis longtemps.

LE PRIX GONCOURT

Depuis 1998, le nom de Michel Houellebecq revient régulièrement parmi les récipiendaires possibles du prix Goncourt. En 1998, il le manque de peu pour *Les Particules élémentaires* (qui reçoit le prix Novembre), tout comme en 2005 avec *La Possibilité d'une île* (qui reçoit le prix Interallié). Il est éliminé dès la deuxième sélection en 2001 pour *Plateforme*. L'écrivain a souvent exprimé son amertume vis-à-vis de ce prix qui lui échappe trop souvent, pour des raisons occultes selon lui (jurys soudoyés, complots, etc.).

En le recevant enfin avec *La Carte et le Territoire* en 2010, Michel Houellebecq, « profondément heureux », déclare aux journalistes : « On ne se demandera pas si je vais avoir le Goncourt ou non la prochaine fois, ce sera moins de pression, plus de liberté, même si j'ai toujours été assez libre. »

(« Houellebecq joue la provocation », in *LeFigaro.fr*, novembre 2010) Quelques semaines auparavant, le romancier recevait le prix littéraire francophone Liste Goncourt – le choix polonais, une récompense décernée par les étudiants des départements de français de 12 universités polonaises.

Votre avis nous intéresse !
Laissez un commentaire sur le site de votre librairie en ligne
et partagez vos coups de cœur sur les réseaux sociaux !

BIBLIOGRAPHIE

SOURCES BIBLIOGRAPHIQUES

- HIRST (Damien), *The Complete Spot Paintings, 1986-2011*, London-New York, Other Criteria-Gagosian Gallery, 2013.
- « Houellebecq joue la provocation », in *LeFigaro. fr*, novembre 2010, consulté le 2 juin 2017. http://www.lefigaro.fr/flash-actu/2010/11/08/97001-20101108FILWWW00679-houellebecq-provoque.php
- HOUELLEBECQ (Michel), « Coupes de sol », in *Interventions 2*, Paris, Flammarion, 2009, p. 275-282.
- HOUELLEBECQ (Michel), *La Carte et le Territoire*, présentation par Agathe Novak-Lechevalier, Paris, Flammarion, coll. « GF littérature », 2016.
- KOONS (Jeff), *La rétrospective : l'album de l'exposition (Paris, Centre Pompidou, Musée d'art moderne, en collaboration avec le Whitney art museum, 26 novembre 2014-27 avril 2015)*, publié sous la direction de Julie Champion et Caroline Edde, Paris, Centre Pompidou, 2014.
- LATHUILLIÈRE (Marc), *Musée National*, préface de Michel Houellebecq, Paris, La Martinière, 2014.
- VAN WESEMAEL (Sabine) et VIARD (Bruno) (dir.), *L'Unité de l'œuvre de Michel Houellebecq*, Classiques Garnier, coll. « Rencontres. Série Littérature des XXe et XXIe siècles, 8 », Paris, 2013.

ADAPTATIONS

- *L'Enlèvement de Michel Houellebecq*, film de Guillaume Nicloux, avec Michel Houellebecq, Maxime Lefrançois et

Françoise Lebrun, France, 2014.
- *Near Death Experience*, film de Gustave Kervern et Benoît Delépine, avec Michel Houellebecq et Marius Bertram, France, 2014.

ICONOGRAPHIE

- Michel Houellebecq en 2016, lors d'une conférence à Buenos Aires. © Silvina Frydlewsky / Ministerio de Cultura de la Nación.

www.profil-litteraire.fr

Éditeur responsable : Lemaitre Publishing
Avenue de la Couronne 382 | BE-1050 Bruxelles
info@lemaitre-editions.com

ISBN ebook : 978-2-8062-9267-4
ISBN papier : 978-2-8062-9268-1
Dépôt légal : D/2016/12603/963
Couverture : © Lisiane Detaille.

Conception numérique : Primento,
le partenaire numérique des éditeurs.